Gilles Tibo

La vie comptée de Raoul Lecompte

Illustrations
de Pascale Constantin

D1108885

la courte échelle

Les éditions de la courte échelle inc.
5243, boul. Saint-Laurent
Montréal (Québec) H2T 1S4

Directrice de collection:
Annie Langlois

Révision des textes:
Lise Duquette

Conception graphique:
Elastik

Mise en pages:
Mardigrafe inc.

Dépôt légal, 1er trimestre 2005
Bibliothèque nationale du Québec

La courte échelle reconnaît l'aide financière du gouvernement du Canada par l'entremise du Programme d'aide au développement de l'industrie de l'édition pour ses activités d'édition. La courte échelle est aussi inscrite au programme de subvention globale du Conseil des Arts du Canada et reçoit l'appui du gouvernement du Québec par l'intermédiaire de la SODEC.

La courte échelle bénéficie également du Programme de crédit d'impôt pour l'édition de livres — Gestion SODEC — du gouvernement du Québec.

Données de catalogage avant publication (Canada)

Tibo, Gilles

   La vie comptée de Raoul Lecompte

   (Mon Roman; MR15)

   ISBN 2-89021-730-2

   I. Constantin, Pascale. II. Titre.

PS8589.I26V53 2005   jC843'.54   C2004-941749-5
PS9589.I26V53 2005

Imprimé au Canada

Gilles Tibo

Gilles Tibo a commencé sa carrière comme illustrateur. Mais les mots ont bientôt remplacé les images et, depuis, il n'arrête pas d'écrire. Auteur prolifique et passionné, il a remporté de très nombreux prix, dont le prix du Gouverneur général du Canada à deux reprises, le prix du livre M. Christie également à deux reprises, ainsi que le prix Alvine-Bélisle. Gilles Tibo est un grand amoureux de la vie. Il aime les chats, les chiens et les oiseaux, se promener à vélo et jouer de la musique, surtout des percussions. *La vie comptée de Raoul Lecompte* est le troisième roman qu'il publie à la courte échelle.

Pascale Constantin

Pascale Constantin a étudié en arts plastiques et en design graphique. Après avoir fait de la sculpture pendant plusieurs années, elle se consacre maintenant à l'illustration. Avec succès d'ailleurs, puisque certaines de ses illustrations parues dans des livres lui ont permis d'être finaliste à deux reprises au prix du Gouverneur général du Canada. Pascale Constantin raconte qu'elle est tellement passionnée par son travail qu'elle en oublie parfois de déjeuner... et même de se brosser les dents! *La vie comptée de Raoul Lecompte* est le premier roman qu'elle illustre à la courte échelle.

Du même auteur, à la courte échelle

Collection Mon Roman
Le gardien du sommeil
Le voyage du funambule

Gilles Tibo

La vie comptée de Raoul Lecompte

Illustrations
de Pascale Constantin

la courte échelle

Prologue

La naissance de l'enfant Lecompte était planifiée depuis dix ans et trois quarts. Son père, grand stratège, avait déjà prévu le jour et l'heure de sa naissance, son poids ainsi que la couleur de ses yeux. Il lui avait organisé un plan de carrière et une caisse de retraite avant même qu'il vienne au monde.

Bref, la vie de l'enfant Lecompte était d'avance comptabilisée, calculée, soupesée et réglée comme une horloge.

«Ce sera un enfant sans problèmes, pensait son père. Il n'aura qu'à consulter le Grand Livre des Heures que je lui ai préparé. Ainsi, il saura quand se mouvoir à quatre pattes, quand marcher sur ses deux pieds, quand apprendre à se promener en tricycle, quand rouler sur deux roues, quand commencer l'école, quand étudier à l'université, quand se marier et quand avoir ses trois enfants, deux garçons et une fille. Ce sera un enfant heureux, car je l'ai écrit à chacune des pages de son Grand Livre. »

Chapitre 1

Ou la naissance de Raoul

Cinq, quatre, trois, deux, un… Dans la salle d'accouchement numéro vingt-quatre, le compte à rebours débuta à trois heures trente-trois, un jeudi matin. Treize heures plus tard, après avoir poussé très fort, maman Lecompte donna naissance à un beau garçon de trois kilos que l'on prénomma Raoul.

Très fier, papa Lecompte prit la main de sa femme et lui souffla à l'oreille :

— Félicitations, ma chérie, tu as accouché

à l'heure précise. C'est un beau garçon, avec un nez, deux bras, deux jambes, dix orteils et deux cent cinquante-quatre poils sur la tête.

Toute la famille Lecompte vint visiter le petit Raoul. Si l'on compte la proche parenté accompagnée par les amis et les amis des amis, il y eut deux cent cinquante-quatre personnes, c'est-à-dire cinq cent huit yeux pour regarder le poupon faire ses premières grimaces.

On circulait tellement autour du berceau que trois gardes-malades se relayaient aux huit heures pour assurer les soins au petit et à sa mère.

Après trois jours, on engagea un policier pour mettre un peu d'ordre à l'étage. Au septième étage, pour être plus précis.

La tension fut à son comble lorsqu'un journaliste dont la femme avait accouché deux jours auparavant, en un temps record de vingt-huit minutes, s'aperçut que le petit Raoul, âgé d'à peine quatre jours, essayait déjà de compter sur ses doigts.

Les douze étages de l'hôpital furent alors envahis par une horde de quatre-vingt-dix journalistes de la radio, vingt-six de la télévision et dix-huit de la presse écrite. Ils venaient voir la merveille qui, en criant WOIN... WOIN... semblait dire VINGT... VINGT...

La présence des journalistes et des curieux provoqua un fouillis indescriptible dans l'hôpital. Les ascenseurs étaient remplis à pleine capacité, c'est-à-dire trente petites personnes, ou dix-huit grosses tassées comme des sardines. Les escaliers étaient surchargés. On montait et descendait en courant comme des malades.

Il y eut vingt-deux blessés graves, soixante-sept blessés légers. L'urgence fut débordée. On refoula les patients jusque dans le stationnement, qui comptait trois cents places.

Finalement, après six jours d'enfer, les médecins donnèrent congé à la famille Lecompte, qui laissa l'hôpital au complet, et le septième étage en particulier, dans un état épouvantable. Les concierges devaient travailler avec trois vadrouilles à la fois.

On fit le grand ménage pendant cinq jours et demi. On remplit quarante poubelles de millions de petits détritus. On vida les vingt-quatre cendriers dans trois gros barils. On ramassa, compta et se partagea tous les cadeaux que la famille Lecompte avait laissés en guise de remerciement. En tout, deux mille chiffriers, quatre mille bouliers compteurs et... une calculatrice jouet.

Chapitre 2

Ou la petite enfance de Raoul

La petite enfance de Raoul se passa normalement, comme elle avait été prévue dans le Grand Livre des Heures. Ses deux cent cinquante-quatre poils de duvet étaient maintenant tombés. Il portait fièrement deux mille trois cent quatre cheveux et, chaque soir, son père, ravi, en comptait de nouveaux.

Pourtant, un jour, ce fut la panique chez les Lecompte. Le jeune Raoul attrapa la varicelle. Apparurent sur son corps trois mille boutons, qui se transformèrent en autant de croûtes que l'enfant n'avait pas le droit de gratter.

La maladie, de l'incubation du microbe jusqu'à la guérison complète, dura vingt-huit jours, cinq heures et trente-deux secondes et quart.

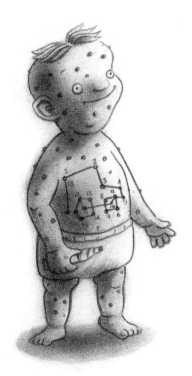

Chapitre 3

Ou le premier tricycle de Raoul

Lorsque Raoul reçut son premier tricycle, il fit trois bonds dans les airs. Puis il démonta l'engin sur le tapis du salon. Fou de joie, l'enfant chéri remercia ses parents de lui avoir donné un beau guidon, deux pédales et trois belles roues reliées par une structure en métal de quatre centimètres de diamètre.

Le père comprit rapidement que son rejeton était un véritable Lecompte de la grande lignée des Lecompte. Une fois démonté, le jouet perdait son attrait. Raoul l'abandonnait aussitôt pour un autre. À partir de ce moment, son père lui acheta toujours deux exemplaires du même objet. Le premier pour en compter les pièces, et le deuxième pour jouer.

Cette manie ne s'arrêta pas aux jouets. À la grande admiration de ses parents, le jeune Raoul se mit à tout démolir dans la maison, en commençant par les meubles et les appareils qui se trouvaient dans le salon. Le reste de la maison y passa, de l'horloge grand-père au réfrigérateur, de l'aquarium à la fournaise.

La famille Lecompte dut se remeubler de la cave au grenier.

Chapitre 4

Ou les belles histoires

Chaque soir, la mère de Raoul lui racontait une histoire de vingt-quatre pages. Lorsqu'il avait bien compté pendant la journée, il avait droit à une histoire de trente-deux pages. Son livre préféré était *Les trois petits cochons.*

Raoul adorait ces moments d'intimité avec sa mère. Il en profitait pour poser toutes sortes de questions intéressantes. Il voulait savoir pourquoi les trois petits cochons n'étaient que trois. S'ils avaient été quarante, cinquante ou soixante, l'histoire aurait été beaucoup plus captivante et Raoul se serait couché plus tard.

Quand on lui racontait une histoire, il se passionnait pour le nombre de mots par page, la quantité et le format des illustrations. Il était toujours émerveillé de voir apparaître le mot FIN, juste au bout du conte, qui tombait pile sur la dernière page du livre.

Après avoir écouté l'histoire, le petit Raoul se couchait sous ses quatre draps de flanelle. Sa mère lui caressait douze fois le visage, puis il s'endormait en comptant les moutons. Un soir, il en compta mille deux cent cinquante-trois et un tiers.

Chapitre 5

Ou la vie
à la garderie

Tout alla bien à la garderie pour Raoul. Il était réglé comme une horloge : un petit pipi toutes les deux heures et demie, une sieste de trois quarts d'heure tous les après-midi à treize heures vingt-sept.

Grâce à ses nombreux dons, Raoul devint naturellement préposé aux étagères. C'est lui qui contrôlait les allées et venues de tous les jouets. Le soir, avant de quitter les lieux, il savait lequel des toutous manquait et lequel se trouvait en mauvais état. Il était tellement efficace qu'il accomplissait à lui seul le travail de deux éducatrices. La directrice de la garderie voulut l'engager et lui payer un salaire. Son père négocia un peu. Raoul reçut la rondelette et symbolique somme de vingt-cinq sous par jour, qu'il plaça dans un compte d'épargne à intérêt quotidien.

C'était l'enfant idéal, tout le monde le disait.

Chapitre 6

Ou la vie
à l'école

Tout alla bien à l'école pour le petit Raoul, sauf la première journée, qui fut catastrophique. Avant même que l'enseignant se présente aux écoliers, Raoul avait déjà levé la main pour dire quelque chose. Sans attendre la permission de parler, il se précipita au tableau comme un enragé et se mit à écrire à toute vitesse des chiffres, à faire des additions, des multiplications, des divisions devant les yeux médusés du professeur et des élèves.

Ainsi que l'expliqua le directeur de l'école à son père, le cas de Raoul posait un problème d'organisation à l'intérieur de l'établissement. En effet, le talent naturel du petit, jumelé à l'encouragement de sa famille, faisait de lui un élève de niveau universitaire en mathématiques. Par contre, il était complètement nul dans les autres matières.

Il fut donc décidé que Raoul n'assisterait pas aux cours de mathématiques. Il ferait autre chose à la place.

Chapitre 7

Ou comment Raoul suivit des cours privés

Tous les jours, pendant la période réservée aux mathématiques, Raoul se rendait à un cours de violon.

Après seulement deux semaines, son professeur fit une double dépression nerveuse. Il n'en pouvait plus de l'entendre pérorer :

— Je vous remercie, monsieur le professeur. Ce fut une belle leçon de quarante-cinq minutes. J'ai donné deux cents coups d'archet sur la petite corde, trois cent vingt-quatre sur la moyenne corde, vingt-six sur la moyenne grosse corde et sept sur la plus grosse. En plus, vous vous êtes gratté le crâne seize fois. Vous vous êtes pris la tête entre les mains dix-neuf fois. Vous avez bouché vos oreilles sept fois. Vous avez regardé au plafond trois fois. Vous avez pleuré deux fois. Vous…

À la suite de l'échec du violon, Raoul suivit des cours d'accordéon, des cours de guitare, des cours de xylophone et même des cours de

percussion, où il excellait à compter le nombre de coups frappés sur les tambours.

Son professeur l'avait un jour provoqué en duel. Treize étudiants de niveau supérieur devaient jouer, sur vingt-six tambours, une partition très complexe pendant deux minutes.

Raoul, les yeux clos, devait compter le roulement des baguettes. S'il réussissait cette performance, il serait exempté des cours de percussion pour le reste de sa vie.

Sans broncher, Raoul écouta la musique et donna le nombre exact de coups : deux mille quatre cent soixante-six. Son professeur le congédia avec empressement et lui demanda de ne plus jamais revenir.

Chapitre 8

Ou la pratique de certains sports

On décida donc que Raoul ferait du sport. Son premier choix: la gymnastique rythmique. Au premier cours, Raoul sortit sa règle pour mesurer la superficie de la salle d'entraînement ainsi que son volume en mètres cubes. Pendant que ses camarades s'entraînaient, Raoul calculait le rapport vitesse-puissance nécessaire pour exécuter les doubles sauts périlleux.

Avec ses instruments de géométrie, il

évaluait l'arc de cercle exécuté par un sauteur, du point d'impulsion jusqu'au point d'impact.

Avant une compétition, Raoul se rendait au vestiaire de son équipe. Il distribuait des feuilles sur lesquelles était décrite la spécialité de chacun. Ce qui eut pour conséquence néfaste de perturber la concentration des athlètes et de saper l'esprit d'équipe. Plutôt que de se réchauffer les muscles avant les compétitions, chacun, dans son coin, tentait de comprendre les diagrammes de Raoul.

On essaya en vain de lui faire pratiquer tous les sports possibles et imaginables, de la plongée sous-marine, où il comptait les pois-

sons, jusqu'à la pêche sur glace, où il prévoyait le temps de congélation d'un corps sur une surface glacée par une température de moins vingt degrés Celsius en tenant compte du facteur vent.

Ce fut un véritable désastre.

Chapitre 9

Ou comment Raoul glissa vers son inclination naturelle

Suivant son inclination naturelle, Raoul tomba naturellement dans… la statistique, où il se distingua et devint une référence incontournable pour le milieu sportif.

Raoul pouvait citer le nom du joueur qui avait compté le but égalisateur de la troisième partie du deuxième rendez-vous sportif inter-collégial de telle et telle année. Il savait tout, et on venait le consulter de partout. On lui demanda de mettre ses connaissances dans la mémoire d'un ordinateur et ensuite on ne lui demanda plus rien, on n'avait plus besoin de lui.

Il fallut se rendre à l'évidence. Raoul avait essuyé un échec dans chacun des sports et dans chacune des activités parasportives qu'il avait tenté de pratiquer. Son père décréta que le sport, aujourd'hui, n'était plus comme avant, et qu'il était bien malheureux que son fils ne puisse faire éclore ses innombrables talents.

Chapitre 10

Ou la vie au collège

Bien qu'il fût joli garçon et toujours bien habillé, Raoul vécut une adolescence difficile. Chaque matin, devant son miroir, il comptait les boutons qui recouvraient sa figure, vérifiait leur progression ou leur rétraction et les notait dans son grand cahier. Il se glorifiait de mentionner aux copains qu'il venait de battre son propre record et il organisa dans le cadre des activités parascolaires un grand concours de boutons. Concours qu'il gagna haut la main, avec un record de tous les temps : cent soixante-quinze boutons et demi seulement sur ses joues, sans compter ceux qui recouvraient son dos.

C'est au collège, à la même époque, à quatorze ans et vingt-deux jours, à seize heures trente, que Raoul commença à s'intéresser aux filles en regardant un livre d'anatomie comparée, à la page quarante, exactement.

Par une savante équation mathématique, Raoul comprit qu'il pouvait un jour tomber amoureux. Il en fut si bouleversé qu'il abandonna son cours pour se réfugier à la bibliothèque dans le rayon du calcul différentiel.

Pour parler franchement, Raoul était extrêmement gêné avec les filles. Dès qu'il se trouvait en présence d'une personne de l'autre sexe, il racontait n'importe quoi. Au lieu de susurrer : *comme vous avez de beaux yeux*, il disait : *comme vous avez deux yeux* ! Plutôt que de s'exclamer : *comme vous avez de belles dents*, il disait : *comme vous avez trente belles dents et deux petites caries* !

Un jour, une fille sembla s'intéresser à lui. Raoul crut que c'était le grand amour. Il s'agissait d'une jeune fille de quinze ans et vingt-huit jours ; deux cent huit jours de plus que Raoul.

Elle mesurait un mètre soixante-dix-huit; onze centimètres de plus que Raoul. Elle avait en moyenne de quinze à vingt boutons de moins que lui et, en plus, elle avait les cheveux tellement frisés qu'il était impossible de les compter.

Raoul finit par penser que les chiffres de la jeune fille ne concordaient pas avec les siens, et qu'il serait préférable d'interrompre cette relation avant qu'elle prenne des proportions incalculables.

Un soir de quart de lune, il lui avoua simplement que son cœur était ailleurs, perdu dans les chiffres.

Chapitre 11

Ou le grand déménagement

À l'âge de dix-neuf ans, trois mois et vingt-six jours, un jeudi après-midi vers seize heures trente, Raoul devint un adulte. Il l'annonça à ses parents, qui ne furent même pas surpris. En effet, Raoul pesait maintenant quatre-vingts kilos et mesurait un mètre quatre-vingt-cinq. Ce n'était plus un bébé.

Raoul décida qu'il était temps de quitter le domicile de ses parents. En apprenant la nouvelle de son départ, sa mère fit une dépression nerveuse de vingt-cinq minutes. Son père consulta le Grand Livre des Heures et constata, à sa grande surprise, qu'effectivement il avait été écrit qu'il en serait ainsi.

Raoul emplit donc une valise de chaussettes, deux valises de sous-vêtements, trois valises de souliers, quatre valises de ceintures, cinq valises de pantalons, six valises de chemises, sept valises de cravates, huit valises de chapeaux, neuf valises de bricoles diverses et dix valises de conseils fournis par tous les membres de la famille.

Il emménagea dans un joli trois-pièces et demie près de l'université. Six cent quarante-trois pas le séparaient de l'entrée principale du pavillon des sciences exactes.

Raoul s'installa dans son nouveau logement de cinquante mètres carrés. Sa mère lui téléphonait vingt fois par jour pour avoir de ses nouvelles. Son père venait vérifier s'il ne manquait de rien au moins dix fois par semaine et chaque membre de sa famille lui envoya un cadeau.

Il reçut trente-cinq grille-pain, trente-quatre malaxeurs, trente-trois ensembles de

couteaux, fourchettes, cuillères, trente-deux bols à soupe, trente et un bols à salade, trente balais, vingt-neuf poêles à frire, vingt-huit théières, vingt-sept tasses à café, vingt-six gants de toilette, vingt-cinq dessus de table, vingt-quatre calendriers de l'année prochaine, vingt-trois sucriers, vingt-deux bouilloires électriques, vingt et un micro-ondes, vingt salières et ainsi de suite jusqu'au cadeau ultime : un joli cheval miniature en imitation de plastique.

Il envoya à chacun des membres de sa famille un mot de remerciement. Ensuite, il vendit à rabais les cadeaux superflus. Avec l'argent, il acheta un billet d'avion pour réaliser un rêve : voyager avant d'entreprendre ses études universitaires.

Chapitre 12

Ou
l'incroyable
voyage

Raoul avait toujours rêvé de visiter la Ville
lumière. Il s'envola donc pour Paris par le
vol 724 d'Air France. Ce fut une magnifique
traversée de sept heures quatre minutes, à une
altitude de dix mille mètres.

Pendant le vol, Raoul visita la cabine de
pilotage. Le pilote, avec patience, lui expliqua
le fonctionnement de l'appareil ainsi que le
comment et le pourquoi des trois mille boutons
du tableau de bord. L'atterrissage fut retardé

de six heures vingt minutes, parce que Raoul posait mille questions à l'équipage qui, depuis ce jour, vérifie toujours la liste des passagers avant de s'embarquer.

Rendu à Paris, Raoul acheta un crayon rouge ainsi qu'un guide touristique de quatre cent cinquante pages. Il commença la visite de la ville en cochant tout ce qui se trouvait sur la première page du guide. À mesure qu'il visitait, il tentait de regarder les monuments dans le même angle que celui des photographies imprimées. Puis il cochait l'image et il passait au monument suivant.

En trois semaines, il réussit à voir, photographier

et cocher chacun des lieux touristiques du guide. C'était pour Raoul le voyage idéal. Il avait tout vu, exactement comme dans le livre, et il avait bien hâte de revenir chez lui pour admirer ses trois mille photos.

À la fin du voyage, il connaissait la ville de Paris jusque dans ses moindres détails, qu'il serait trop long d'énumérer dans cet ouvrage. Une seule question était restée sans réponse : combien y avait-il d'ampoules dans la Ville lumière ?

Chapitre 13

Ou la vie
à l'université

Raoul commença ses études à l'université. Après seulement quatre jours, il avait déjà fait le tour de toutes les classes et de tous les départements. Il prit rendez-vous avec le recteur.

— Bienvenue à l'université, s'exclama le recteur, en lui serrant la main. Il y a ici tout ce qu'il faut pour faire éclore votre immense talent.

—Je sais, répondit Raoul. Votre université est vraiment exemplaire. Elle possède six kilomètres de couloirs qui défilent dans trois bâtiments de sept, dix et douze étages.

Il y a, en tout, deux cent quarante-trois locaux d'enseignement qui peuvent accueillir près de trois mille étudiants. Sans compter les trois auditoriums, les deux gymnases et les quatorze ascenseurs.

— Pardon, le corrigea le recteur, il y a treize ascenseurs.

— Je sais, ajouta Raoul, mais on ne dit jamais treize ascenseurs, ça porte malheur !

— Vous me décevez beaucoup, reprit le recteur. Un véritable esprit scientifique ne doit jamais se laisser influencer par de telles balivernes.

Depuis ce jour, Raoul tâcha de ne plus croire aux superstitions et de garder en toute

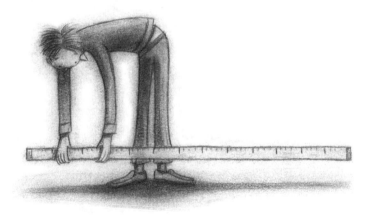

occasion un esprit hautement scientifique. Ce qu'il fit, même lors d'événements dramatiques.

Lors d'un terrible accident survenu entre une automobile et un autobus, Raoul, sans trembler, mesura et calcula la charge d'impact des deux véhicules. Lors d'un épouvantable tremblement de terre, Raoul respira profondément trois fois pour ne pas céder à la panique et réussit à trouver le point d'origine de la faille sismique.

C'est ainsi qu'il se mit à régler et à quantifier une quantité incroyable de phénomènes, et ce, beaucoup plus rapidement que les spécialistes, pour la seule et bonne raison qu'il était toujours présent lors des malheureux événements.

Chapitre 14

Ou les malheurs de Raoul

On se mit à croire que Raoul provoquait les événements dramatiques, et on commença à l'exclure partout où il allait. Il dut ainsi quitter son logement, parce que, depuis son arrivée, il aurait provoqué dix pannes de courant, neuf dégâts d'eau, huit fausses alarmes, sept bris mécaniques dans le système de chauffage, six descentes de police, cinq cambriolages, quatre effondrements de plafond, trois désinfections de la bâtisse, deux débuts d'incendie et une hausse de taxe.

Il dut aussi quitter l'université. Depuis qu'il la fréquentait, il aurait été à l'origine de dix dépressions nerveuses, neuf accidents de travail, huit collisions entre étudiants, sept tempêtes de neige, six grèves des employés de soutien, cinq pannes d'ascenseur, quatre pannes du système informatique, trois effondrements de terrain, deux explosions dans les laboratoires et un renvoi : celui du recteur.

La réputation de Raoul prit des proportions épouvantables. Le maire de la ville entendit parler de « l'affaire Raoul Lecompte ». On le tint personnellement responsable des dix augmentations de taxe foncière, des neuf cas de tuberculose infantile, des huit vols de banque jusque-là inexpliqués, des sept tempêtes de neige qui paralysèrent le centre-ville, des six écroulements de gratte-ciel, des embouteillages de cinq heures, des quatre détournements d'avion, des trois crevaisons de pneus de wagons du métro, des deux inexplicables trous de mémoire du maire en campagne électorale. On le tint même responsable du mauvais temps, cet été-là.

Les journalistes flairèrent la bonne affaire. La figure de Raoul apparut dans les médias.

Désormais, il était marqué et identifié comme étant la source d'un tas de problèmes.

Sa vie était devenue intolérable. On changeait de trottoir lorsqu'on le voyait. On le montrait du doigt. On riait dans son dos. Il ne sortait que tard le soir, caché sous un large chapeau et derrière des lunettes noires.

À ce moment critique de sa vie, sa famille et les proches amis de sa famille évitaient d'être en contact avec lui. Son père le renia trois fois. Il ne reconnaissait plus son fils, car celui-ci n'était plus conforme à ce qu'il avait prévu dans le Grand Livre des Heures.

Chapitre 15

Ou comment Raoul fut poursuivi par un chiffre

Comble de malheur, Raoul commença à être poursuivi par le chiffre quarante-quatre. Chaque fois qu'il regardait sa montre, elle affichait quarante-quatre minutes. Il ouvrait un journal, une revue, un livre et tombait toujours sur la page quarante-quatre.

Il formulait des phrases de quarante-quatre mots. Il y avait quarante-quatre dollars dans son portefeuille acheté quarante-quatre dollars à la page quarante-quatre d'un catalogue. Son épicerie lui coûtait toujours quarante-quatre dollars, et ce, même s'il tentait de déjouer le destin en achetant n'importe quoi.

Raoul tenta d'échapper à son triste sort, mais il se retrouvait toujours dans l'autobus nu-

méro quarante-quatre ou, au théâtre, assis sur le siège numéro quarante-quatre. Il était prisonnier du nombre quarante-quatre !

Il décida de consulter une voyante en numérologie. La seule qui pouvait le recevoir sans rendez-vous, avant quarante-quatre jours, habitait au quarante-quatre de la quarante-quatrième Avenue à l'appartement quarante-quatre.

Il monta dans un taxi qui tomba en panne lorsque le compteur marqua quarante-quatre dollars. Raoul prit donc l'autobus numéro quarante-quatre et, quarante-quatre arrêts plus loin, il rencontra la voyante à quatre heures quarante-quatre.

— Ne vous en faites pas, dit la voyante. Vous êtes le quarante-quatrième à venir me consulter pour ce petit problème causé par l'alignement de quarante-quatre planètes dans la constellation quarante-quatre, à quarante-quatre années-lumière de la Terre. Pour annuler l'influence de ces planètes maléfiques, vous devez avaler immédiatement ces quarante-quatre pilules. Demain, vous en prendrez quarante-trois, après-demain quarante-deux, et ainsi de suite jusqu'au point d'origine. Alors, vous ressentirez l'immense bonheur d'être revenu à zéro. Et surtout, surtout, une fois le traitement commencé, vous ne devrez pas l'interrompre car les conséquences seraient catastrophiques.

La voyante lui raconta l'histoire atroce du client qui, se croyant guéri, avait cessé ses traitements à vingt-deux jours. Le malheureux fut poursuivi toute sa vie : vingt-deux enfants malades, vingt-deux métiers, vingt-deux accidents, vingt-deux divorces…

Raoul suivit à la lettre les indications de la voyante. Le matin du quarante-quatrième jour, il se réveilla à sept heures trente, but un café avec deux sucres et ouvrit le journal à la page douze. Le nombre quarante-quatre ne l'embêtait plus.

Chapitre 16

Ou l'art de recommencer sa vie à zéro

En lisant le journal, ce matin-là, Raoul tomba sur une petite annonce qui se lisait comme ceci :

Fermier cherche homme à tout faire pour travail général.

Il vérifia la page du journal, le numéro de l'annonce et le numéro de téléphone. Il n'y avait aucun quarante-quatre. Il était vraiment guéri.

Il téléphona au fermier, qui vivait dans un village au fond de la province. Raoul lui raconta quelques mensonges, puis il lui envoya un faux curriculum vitae. En un temps record de trois jours et un tiers, il obtint l'emploi.

Raoul quitta la ville qui l'avait vu grandir. Et, bien que ses parents l'eussent abandonné, Raoul, en bon fils, leur dit adieu une dizaine de fois par lettre, cinq fois par téléphone, deux fois par télégramme et une fois de vive voix.

Le matin du seize du huitième mois de cette année historique, Raoul prit le train de sept heures trente. Ce fut pathétique. Si l'on compte la famille et les amis de la famille réunis ce jour-là, il y avait au moins deux cent cinquante-quatre personnes très heureuses de faire leurs adieux à Raoul.

Il partit sans valise, sans brosse à dents, sans sac à dos et sans aucun souvenir, car il avait la ferme intention de recommencer sa vie à zéro.

Pendant deux longs jours, il traversa la province en train. Comme il n'avait rien à faire, il en profita pour écrire son journal, qu'il

intitula *Journal d'une nouvelle vie*. En voici les premières lignes :

Température idéale de vingt-deux degrés, humidité relative de cinquante-quatre pour cent, voyage extraordinaire en train avec une locomotive de cinq cent cinquante mille chevaux-vapeur... trente wagons, dont un wagon-restaurant.

Raoul était si heureux de quitter son passé qu'il écrivit un poème :

Depuis trop de jours (3 624)
je traîne ma carcasse (80 kg)
sur les trottoirs de la ville
*   (1 500 000 habitants)*
Depuis trop de nuits (3 623)
je perds mon temps (36 230 heures)
et je n'ai plus d'amis (0)
Je descends dans cette nouvelle ville
*   (15 000 habitants)*
pour recommencer ma vie à zéro (0)
et tâcher d'être heureux (?)

Chapitre 17

Ou les petits métiers

Arrivé à destination, Raoul débarqua à la gare à midi quarante minutes. Il fit, à pied, le tour de la ville. Revenu à son point de départ, il loua un magnifique trois-pièces et demie très propre, bien ensoleillé. En deux jours, il le peignit et le décora à son goût. Il colla sur les quatre murs du salon trente mètres de papier peint sur lequel étaient imprimés des millions et des millions de petits points qu'il pourrait compter pendant ses loisirs.

Deux jours plus tard, Raoul travaillait comme apprenti chez le fermier de la région.

Celui-ci le congédia après cinquante-sept minutes vingt secondes, prétextant que Raoul possédait de trop petits muscles pour le rude travail de la ferme.

Pris au dépourvu, Raoul tenta de faire plusieurs métiers. Il s'engagea pour conduire des autobus scolaires, pour laver des vitres, pour construire des trottoirs, mais partout on le congédia en répétant qu'il n'avait pas la vocation.

Désespéré, Raoul continua à chercher du travail…

Chapitre 18

Où la belle vie de tous les jours

Enfin, un jour, le destin de Raoul bascula dans le bonheur. Contre toute attente, il décrocha le poste de comptable dans une imprimerie. Ce fut le plus bel événement de sa vie. Chaque matin, tout heureux, il se réveillait à sept heures quarante-cinq, et déjeunait à huit heures. Il quittait la maison à huit heures vingt et il enfourchait sa bicyclette à deux roues ayant chacune quarante-six rayons.

Pour se rendre au travail, il donnait quatre mille quatre cent quarante coups de pédale puis montait les douze marches qui le menaient à son bureau situé au deuxième étage de l'imprimerie.

Raoul pouvait enfin aspirer à une vie saine et tranquille auprès de ses amis les chiffres. Pour la première fois de sa vie, il se sentait heureux, profondément heureux, tellement heureux qu'il n'en revenait pas lui-même. Il se mettait souvent à pleurer de joie pour un oui ou un non, pour une addition ou une soustraction !

Le soir, avant de se coucher, il ouvrait son journal pour y confier ses secrets les plus intimes :

Aujourd'hui, j'ai multiplié des centaines de jolis chiffres...

J'ai parlé pendant trois heures cinquante-neuf secondes à six personnes.

J'ai regardé la télé pendant une heure trente-six secondes.

En marchant, j'ai écrasé quatre fourmis.

J'ai rasé mes quatre mille deux cent cinquante poils de barbe.

J'ai mangé un gramme de viande.
J'ai bu quatre verres de lait.
J'ai perdu huit cheveux.

Grâce à ce nouvel emploi, Raoul acheta une jolie maisonnette dans le village. Il connaissait le poids de sa maison, le nombre de brins d'herbe de son gazon, la quantité de fleurs dans son jardin, le nombre de feuilles dans les arbres. Il était devenu le plus heureux des hommes.

Comme dans les films et les romans, Raoul s'attendait toujours à ce que quelqu'un ou quelque chose vienne troubler sa paix. C'est exactement ce qui arriva.

Chapitre 19

Ou la petite-nièce

Un jour, Raoul fut obligé de garder sa petite-nièce parce que les parents de celle-ci devaient partir en voyage. Raoul eut très peur d'être dérangé par la petite Anémone. Et il n'avait pas tort... car elle était encore pire que lui.

Elle désirait tout compter, tout calculer. Elle voulait savoir combien il y avait d'étoiles dans le ciel, combien de poissons dans la mer, combien de loups dans le bois, combien d'habitants sur la Terre et, si on multipliait par dix, combien ça faisait d'orteils.

Combien... combien... combien... Raoul devenait étourdi et il était frustré de ne pouvoir répondre à ces questions qu'il se posait lui-même depuis fort longtemps.

Quelquefois, pour se détendre, il demandait à Anémone de compter n'importe quoi: les grains de sable ou les pétales des fleurs du jardin. Pendant ce temps, il se reposait l'esprit en comptant à reculons de mille à zéro par groupe de trois.

Chapitre 20

Ou l'ennui de un à dix

Le huitième jour, Anémone retourna chez ses parents. Raoul fut heureux de retrouver sa tranquillité. À sa grande surprise, il commença à s'ennuyer deux heures après le départ de sa nièce. Il ne comptait plus les nuages, ni les coups de pédale, ni les mots quand il parlait. Mais ce qui l'embêtait le plus, c'était de ne pas savoir comptabiliser son ennui.

Il inventa donc une échelle de un à dix pour préciser le niveau de son ennui. Certains jours, il s'ennuyait un peu, il notait : trois sur dix. Parfois, il s'ennuyait terriblement, il notait : dix sur dix. Un jour, il s'ennuya douze sur dix.

Ensuite, il voulut appliquer le même principe à toutes sortes de choses. Il tenta de graduer son amour, ce qui donna : zéro sur dix… À ce moment précis, il comprit qu'il n'aimait personne. Il n'aimait que les chiffres à un degré extrême : mille sur dix.

Il essaya avec l'humour, ce qui donna : zéro sur dix. À ce moment précis, il comprit qu'il ne riait jamais et qu'il ne faisait jamais rire personne.

Puis il essaya avec les jeux, ce qui donna : zéro sur dix. Il s'aperçut qu'il ne jouait jamais à rien, qu'il ne s'amusait avec personne. À ce moment précis, Raoul mesura l'ampleur du gouffre dans lequel il vivait.

Chapitre 21

Ou le pourcentage d'intérêt

Raoul mit au point un système d'une infaillible précision mathématique pour mesurer ses activités. Par exemple, lorsqu'il regardait la télévision, il se demandait toujours quel était le pourcentage d'intérêt de l'émission en cours : dix, vingt, cinquante ou quatre-vingts pour cent.

Quand il parlait à quelqu'un, il se posait toujours cette question fondamentale : quel est mon pourcentage d'intérêt ? S'il était trop bas, il avouait le plus simplement du monde :

— Excusez-moi, cher ami, mais votre pourcentage d'intérêt diminue à mesure que vous parlez. Vous venez d'atteindre le seuil des vingt pour cent. Votre temps est écoulé !

C'était un système pratique pour Raoul, car il pouvait maintenant tout quantifier. Il aimait pêcher la truite à quatre-vingt-seize pour cent. Il aimait le jambon à l'ananas à soixante pour cent. Il aimait le foie de poulet à cinq pour cent.

Il n'y avait qu'une seule faille à son système infaillible. Quand il appréciait une chose à cinquante pour cent, il ne savait plus comment réagir. Pour régler ce problème crucial, Raoul dut se donner des limites d'une extrême précision. En bas du seuil des soixante-dix pour cent, il ne s'intéressait plus à rien ni à personne. C'est sans doute pour cette raison qu'en peu de temps Raoul se retrouva plus seul que jamais.

Chapitre 22

Ou la mésaventure du premier chien

Pour remédier à son problème de solitude à cent pour cent, Raoul fit de savants calculs. Il décida de se procurer un chien.

Il se rendit au chenil le plus proche.

— Quelle sorte de chien voulez-vous ? demanda le propriétaire.

— Je ne sais pas… répondit Raoul. Un chien avec quatre pattes, deux oreilles, une queue et un museau, mais surtout un chien que je pourrais aimer dix sur dix.

— Hum… réfléchit le vendeur. Tous mes chiens ont quatre pattes, deux oreilles, une queue et un museau. J'ignore lequel vous pourriez aimer. L'idéal serait que vous en gardiez un pendant quelque temps, histoire de savoir s'il vous convient.

Raoul retourna chez lui avec le chiot qu'il trouvait le plus beau. Un jeune épagneul. La première journée, il jappa six cent soixante-six fois, laissa sur le tapis vingt-deux crottes et hurla, des heures et des heures, comme dix loups affamés. Raoul nota dans son journal : amour zéro sur dix.

Chapitre 23

Ou la mésaventure du deuxième chien

Le lendemain matin, après une nuit blanche, Raoul retourna l'épagneul à son propriétaire et ramena un autre chien. Un magnifique colley.

Le chien courut dans la maison. Il brisa deux potiches en porcelaine, qui éclatèrent chacune en deux mille deux cent vingt-deux morceaux. Le chien perdit tant de poils que Raoul fut obligé de changer douze fois le sac de l'aspirateur. Dès qu'il s'asseyait, le chien lui sautait sur les genoux et lui léchait la figure.

Raoul dut manger debout, lire son journal debout, écouter la télévision debout et dormir debout, car le colley prenait toute la place dans le lit.

Décidément, Raoul et les chiens, c'était zéro sur dix. Il retourna l'animal au chenil.

Chapitre 24

Ou le chiffre préféré

En réfléchissant, Raoul comprit que son destin, le sens profond de sa vie, c'étaient les chiffres. Un point, c'est tout. Toutes les tentatives pour s'éloigner de sa passion s'étaient avérées catastrophiques. Il était temps d'assumer pleinement son destin : de ne penser, de ne rêver, de ne parler que de chiffres.

Comme il se sentait seul, il décida d'avoir un chiffre préféré.

Pour choisir son chiffre préféré, Raoul consulta *L'histoire mondiale des chiffres.* Livre publié aux Éditions Mille Titres. Ce grand livre donnait, chiffres à l'appui, la liste chiffrée de tous les chiffres, ainsi que le nombre exact de gens qui préféraient tel ou tel chiffre.

Trois millions cinq cent mille personnes préféraient le chiffre un. Quatre-vingt-quinze millions de personnes préféraient le chiffre deux. Et ainsi de suite pendant des pages et des pages. Raoul était très embêté et un peu déçu. Il résolut d'inventer un chiffre à sa mesure et à sa ressemblance.

Après de savants calculs, il inventa le chiffre «trente-douze et demi». Il appréciait l'idée de la demie, qu'il pourrait, peut-être, compléter un jour. Cela le sécurisait.

Raoul écrivit son chiffre préféré un peu partout dans la maison, sur le réfrigérateur, sur le miroir de la salle de bains, dans la baignoire, sur ses oreillers, sur l'écran de la télévision.

Il soupait à la chandelle devant son chiffre préféré. L'été, Raoul poussait sur sa tondeuse en dessinant son chiffre préféré sur le gazon. L'hiver, il patinait, et son chiffre préféré apparaissait sous ses patins !

Raoul fut le plus heureux des hommes en compagnie de son chiffre préféré. Pas une

seule fois ils ne se disputèrent. Jamais son chiffre ne lui tomba sur les nerfs et vice-versa. En aucun cas Raoul ne songea à compléter la demie. Il avait trouvé le bonheur, le vrai, celui sur lequel on peut compter et qu'on ne peut vous soustraire !

Chapitre 25

Ou la deuxième moitié de sa vie

Raoul passa la deuxième moitié de sa vie dans une paix et une tranquillité relatives. Comme tout le monde, il connut quelques légers problèmes. Un jour, sa calculatrice tomba en panne. Une autre fois, il reçut une brique sur la tête. Pendant neuf longues minutes, il ne se souvint plus d'aucun chiffre et pensa devenir fou ! Une autre fois encore, il organisa une battue pour retrouver son chiffre préféré qu'il croyait avoir égaré dans la forêt.

Après quarante ans de loyaux services à l'imprimerie, c'est-à-dire quatorze mille six cents jours, Raoul prit sa retraite à dix-sept heures. On lui organisa une grande fête. Si l'on compte les amis, les clients, les amis des amis et les amis des clients ainsi que les amis des clients des amis sans oublier les employés de l'imprimerie, il y avait au moins trois cent cinquante personnes heureuses de souhaiter une bonne retraite à Raoul.

Il prononça un discours, qui fut imprimé et placé au-dessus de la porte d'entrée. Le voici :

— Mille fois merci à vous qui m'avez soutenu durant toutes ces années. Vous, que j'ai additionnés, soustraits, multipliés et divisés, placés en colonnes et couchés dans des livres comptables. Je vous quitte ici, mais ce n'est qu'un au revoir. Je vous retrouverai chez moi, où nous serons ensemble jusqu'à la fin de ma vie.

Il termina son discours en versant trois larmes de joie. On l'applaudit très fort pendant trente-deux secondes, on lui donna l'accolade cent vingt-six fois, on l'embrassa sur une joue

quatre-vingt-quinze fois et sur les deux joues cent vingt fois. Il eut droit à cent soixante-seize poignées de main ainsi qu'à trois cents tapes dans le dos.

Raoul s'en retourna chez lui, heureux mais un peu courbaturé. En chemin, il s'arrêta le long de la rivière pour se reposer quelques minutes à l'ombre d'un grand pin. Il savoura les premiers instants de sa retraite en comptant le nombre de branches et la quantité d'aiguilles sur le conifère.

Ou la retraite bien méritée

Pendant sa retraite, Raoul se mit à collectionner les objets sur lesquels se trouvait un chiffre. Sa collection contenait deux mille boîtes aux lettres, trois cents biscuits en forme de huit renversé, quatre cents bols de soupe dont les nouilles entrelacées formaient des six, quatre cents lacets de bottine en forme de deux, des milliers de gâteaux de fête dont les chandelles alignées formaient des chiffres, des centaines de chandails de hockey et de baseball, des centaines de ceci et des milliers de cela...

À la fin de sa vie, la maison de Raoul débordait d'objets plus hétéroclites les uns que les autres. Comme il était maintenant trop vieux et trop fatigué pour s'en occuper personnellement, on forma un comité de douze personnes et on ouvrit le *Musée du chiffre Raoul Lecompte*. Trois étages remplis à craquer, qui devinrent la gloire du village et qui attirèrent des touristes du monde entier.

À l'heure actuelle, le musée vient de recevoir son millionième visiteur, ce qui ne prouve absolument rien, sinon qu'ils sont comptés !

Chapitre 27

Ou juste avant de partir

Infailliblement, un jour, Raoul devint un vieillard. Il avait perdu toutes ses dents. Il n'avait plus un seul cheveu sur la tête. Il ne pouvait même plus compter sur ses doigts. On le transporta à l'hôpital le plus proche.

Un soir de ciel étoilé — on ignore combien il y avait d'étoiles —, Raoul consulta une dernière fois son Grand Livre des Heures. À la dernière page, il comprit que sa fin était venue. En tremblant de tous ses membres, il rangea ses effets personnels dans une grosse valise, s'habilla de son plus beau pyjama et s'étendit sur son lit.

Il appela une infirmière pour qu'elle exauce un dernier souhait. L'infirmière, un peu surprise, acquiesça à la demande de Raoul.

Deux heures plus tard, l'hôpital fut envahi par une foule de curieux. Si l'on compte les quelques amis, les amis des amis, ainsi que les invités des amis des amis, il y avait au moins trois mille trois cent trente-trois personnes qui se bousculaient pour monter dans les ascenseurs.

Un journaliste, alité dans une chambre voisine, ameuta ses confrères. Il y eut vingt-sept journalistes de la presse écrite, quatorze de la radio et vingt-cinq de la télévision, qui voulaient retransmettre en direct le départ de Raoul.

Un reporter, plus curieux que les autres, découvrit dans les archives qu'un autre hôpital avait vécu pareil brouhaha quatre-vingt-quatorze ans plus tôt lors de la naissance du même Raoul Lecompte. C'était un phénomène unique dans l'histoire de la médecine. Mais Raoul s'en fichait complètement.

Chapitre 28

Ou le grand décompte

Le directeur de l'hôpital, l'arrière-petit-fils du premier, fut dépassé par les événements. On courait partout dans les escaliers. La cantine était débordée, les ascenseurs bloqués et les corridors envahis par les caméras de télévision. On s'empêtrait dans des kilomètres de fils électriques. La chambre de Raoul était devenue plus chaude qu'un four, car on gardait les lumières des caméras continuellement allumées afin de ne pas rater l'événement. Le thermomètre monta à cinquante-deux degrés Celsius.

Ce va-et-vient dérangeait Raoul. Il fermait les yeux, tentait de se concentrer, mais ne parvenait pas à mourir tout à fait. Il réussissait à moitié et même aux trois quarts. Quelque chose l'empêchait de partir. C'est alors qu'il eut la dernière bonne idée de sa vie.

À la surprise générale, Raoul ouvrit les yeux. Il demanda l'assistance de plusieurs enfants, car il ne voulait pas mourir seul, devant une bande d'adultes.

On se précipita à la garderie de l'hôpital. On ramena et entassa vingt-sept enfants autour du lit de Raoul. Celui-ci sortit de la poche de son pyjama des mouchoirs blancs sur lesquels avait été brodé son chiffre préféré. Chacun des enfants reçut un mouchoir. Ensuite, Raoul ferma les yeux. D'une voix paisible, il demanda qu'on fasse le décompte de dix à zéro, le plus lentement possible.

Ensemble, la voix nouée par l'émotion, les enfants firent le compte à rebours. DIX… NEUF… HUIT… SEPT… SIX… CINQ… QUATRE… TROIS… DEUX… UN… ZÉRO…

À zéro, Raoul eut un léger soubresaut. Avant de mourir, il eut le temps de se poser une

dernière question, une question à cent dollars :
combien d'années, de jours, de secondes allait
durer l'éternité ?

En guise d'épilogue

On enterra Raoul Lecompte six pieds et demi sous terre, un vingt-quatre septembre à dix heures du matin par une température de dix-huit degrés. Sa petite-nièce Anémone prononça ce discours très bref mais pathétique, qui arracha des milliers de larmes à tous les invités :

— Mon oncle Raoul a vécu quatre-vingt-quatorze ans, soit trente-quatre mille trois cent dix jours, donc huit cent vingt-trois mille quatre cent quarante heures. Il n'aura pas vécu en vain… car moi, sa nièce, je continuerai son œuvre !

AGMV Marquis

MEMBRE DE SCABRINI MEDIA

Québec, Canada
2005